JN153889

歌集

# 岸べの家

浜園洋子
*Hamazono Yoko*

六花書林

岸べの家　＊　目次

## 吉野実方

## 西紫原

装幀　真田幸治

# 岸べの家

吉野実方

## 風土

この島の地底の力怖れつつひとところ硫黄の臭ふ谷ゆく

山一つ越えし峠も火山灰(よな)積みてむらさき色に萩はこぼるる

澄む空にまた一条の帯となり吉野台地を火山灰は襲ひぬ

雨樋の火山灰を木片に切るごとく掬へばかなぶん無数のなきがら

坂となる道の片方に靴あとを残して火山灰はなほ吹きたまる

焼酎に浸して柿の渋を抜く湯呑みの底に黒ぐろと火山灰

大隅の台地耕す妹の持ち来し白菜火山灰を巻き込む

木漏れ陽の川のほとりに立てる家この二階家を購ひにけり

## 実方太鼓橋

築造は寛永年間とふ太鼓橋峡の里人「てこばし」とよぶ

この石の橋を渡ればとなり町岸の桜葉わが町に散る

親子四人巳年の明けを待ち待ちて移りし土地の神に詣ずる

実方の神の社は人気なくわれら四人の拍手ひびく

冬川の岸に葉おとす柿の木の枝にのこれる実の二つあり

川岸の柿の古木もとなり家の青桐の葉も吹き溜る庭

石垣はみどり苔むす武家屋敷半次郎晋介の誕生の里

別府晋介誕生地跡　いぬまきの枝に吊られし鉄の板鐘

## 逆しまの影

向山の欅の緑ひとまはり大きくなりて雨はあがりぬ

柿の芽のふくらむ一粒ひとつぶに雨の雫のふくらみて見ゆ

葉表に和毛の残る蓬つむ春一番の過ぎゆきし夕

木蓮の花落ちてより芽ぐむ葉のもどり寒波の霰に打たる

たそがれの湖のおもてに逆しまの山影落ちて風のあるらし

## 定年退職

出張の夫にかはりて事務室に在職最後のボーナスを受く

持ち帰りし退職勧奨机の上に開かれぬまま朝あけにけり

勧奨に心ゆらぐか退職願捺印もせず七日すぎたり

今日が最後の授業の夫に茶を点つる春の疾風のすぎゆきし朝

宿帳の住所氏名職業欄今日までは公務員四月一日

雲仙の峡に残れる小さき宿の職業欄に斜線ひく夫

ステンドグラス夕つ日残る天主堂のマリアの像の前に坐りぬ

道に沿ふ家群軒並みみな低く小さき入り江の崎津天主堂

見の限り広がる水平線か天草灘頼山陽の詩碑を背に立つ

地獄池の硫黄の臭気たちこむる赤松林に殉教記念碑

沖永良部島

パパイアのサラダ味噌漬テーブルに姪のくらしも島に三年

亀徳の波止場にタラップ降ろされて御骨を抱く人より下船

九本の丸太を組みし高倉のねずみ返しは緑青をふく

南洲翁謫居記念碑立つかたへ琉球梯梧（デイゴ）のつぼみふくらむ

海上は見えぬ点線に続きたる国道五十八号那覇へいたりぬ

## 海よりの風

さしかはす梅の枝々暗き道日向国分寺五智如来像に遇ふ

五智如来像座像のままのみ頭は天井までの高さに在す

樫の木の梢をゆらす海よりの風吹き上ぐる夕の寺山

濃みどりの合歓の梢のおくれ花うす紅の一輪とどむ

ぐみの木の莟はかたく山帰来(さんきらい)つる絡ませて青き実の房

# 野の道

零余子（むかご）ひとつぶ口にふふめば土の匂ひこの野の道に人と逢はざり

窓下のか細くなりし虫の音をききつつ少し長く湯にをり

復員につづく教職四十年の年金を受くこの九月より

病みつつも永年勤続表彰の記念パーティーの夫に添ひ来し

七年の秋を迎へし庭木々の移植にはげむ職退きし夫

## 高野山

東山の峯の一角知恩院除夜にききたるはこれの大鐘

夕影のただよふ障子戸奥深く三十三間堂の金色の群像

御影堂の檜皮葺きよりわが額に雪解の雫も何か尊く

須弥壇の観音像に念仏す千の仏はわれを見給ふ

金堂の青き屋根より舞ひ落ちる五色の散華を双手に受くる

## 種子までぬくし

ベランダに夜干しの梅は紙に覆ふ火山灰降る三日目部屋ぬち匂ふ

乾きゆく梅の匂へばそのひとつ口に含みぬ種子までぬくし

火山灰の降る昼をひすがら籠りゐて扇風機置く二つの部屋に

警戒の人らは橋にたむろなす小降りとなるまで夜半をねむらず

厨べに運びし食器そのままに昨日の不眠のつづきを伏しぬ

## 寿ぎ

迎へくれし子のアパートに婚約者貝の味噌汁炊ぎてゐたり

若き二人交へて雨の宮島を父とし母とし四人の一日

広島の幟町教会午後の二時半ウエディングベルは子がために鳴る

聖歌隊に合はせて歌ふアヴェマリア頬を流るるもののぬぐはず

空港に降り立つ嫁にお母さんと呼ばれて瞬時うろたへるわれ

## 百年の流れ

物置のダンボールなど始末する終の住処と定めし庭に

百年の川の流れも見にけらし河川工事に柿の木伐らる

柿の木と古き石橋のたたずまひよしと定めて十年となりぬ

山鳥と分かち食(たう)べし柿の実も今年限りと焼酎に浸す

幾たびかわが歌に詠みし柿の実を今年限りと渋抜きにけり

小さき命

医の道を学べば分娩に立ち合ひて受話器に親となりし子の声

体重二千五百ながらも大きふぐりしつかりつきて男の児なりけり

子ら抱きしこの手に抱く初孫の二千五百のぬくもり重し

かかはりのなき人にまで語りたき墓参のバスに初孫のこと

体重と同じ二千四百五十八円「裕樹」の貯金通帳起こす

## この夏に

水を張るまでの荒地田からす麦れんげの花も実を結びたり

木下径帰りてたたむ雨傘にうすくれなゐの合歓の花びら

征きて還らぬ霊魂鎮めむと墓を守る遠くに住まふ義姉にかはりて

指にさし琥珀の玉をかざしみる身にあまるもの形見と賜ふ

刀草わが膝丈に及びたり梅雨の明けたる墓原のみち

姉と姪迎へて戦死の兄の供養正信偈誦すは若き僧にて

車椅子の姉の墓参を迎へたりこの夏ひとつのことが終りぬ

霜月尽日

葛の花野菊露草野辺の花むらさきしきぶは庭に色づく

産土の杜に拾ひし銀杏を休日の昼飯に炊きこむ

きんせん花パンジーの苗箱並びたり冬に入らむとする花の店

この後も住むまじと思ふ本籍を置くだけの町に汽車を降りたり

五頁ごと暗記のあとか日付あり子らの残しし英単語帳

駅前のベンチに手提げの紐を解けば群れてより来る鳩と目があふ

丘ひとつ越えて聞こゆる下校時のチャイムのメロディー　夕焼け小焼け

## 小鹿田皿山

県ざかひ三太郎峠に幾台も仮眠のトラック雨にうたるる

上野焼(あがのやき)小石原焼小鹿田焼(おんたやき)皿山めぐりにはるばると来つ

窯めぐる小鹿田の里は秋しるく門辺かどべの唐臼の音

小鹿田焼一子相伝の窯どころ二つよりほか轆轤は置かず

遠つより半農半陶守りつつ今も無銘の小鹿田の陶工

## 春の雪

みちのくの旅の半ばに学徒兵となりて入営をなせしとふ夫

生命ありて帰れば残りのみちのく路愛するものを伴ひたきと

青葉城趾　定禅寺通りの欅並木春には遠く裸木のまま

島へ渡す朱の大橋の中程にしばし佇む降る春の雪

四十余年胸に秘めゐし一ノ関平泉の旅にわれ誘（いざな）はる

発病　そして予後

ことなく食道全摘宣らす医師の顔を一瞬見つめてしまふ

五時間余の手術に耐へてＩＣＵにうつろに目覚めし夫の手をとる

洗濯機使ふをためらふ腹帯に滲む血のあと手もて洗ひぬ

駐車場より見ゆるＩＣＵの夫のベッドかこむ医師らの影に怯ゆる

看取りの日四十日を過ぎにけり台風明けの八月尽日

臓器ひとつ失ひし夫の食細く日々の雑炊具を替へ炊ぐ

快復の兆しと思ふ階のぼり階くだる夫の足音のして

短大の講座依頼書の手続きをすませて夫は鉢に水やる

聞こえ来る夫のハミング新世界包丁を研ぐ窓の下より

かつてなきわが髪染めに手をかしぬ病は人をやさしくするも

## 庭

立退きを余儀なくさるるわが庭の百鳥いづくの木に安らはむ

老いづきて定まる住まひ失ふはあはれあはれ何に縋らむ

花活けしのちの連翹土佐みづき夫の挿木は垣結ふほどに

わが留守に夫はさ庭の土おこしいつまでの庭か韮など移して

五時間余の手術にいのち賜ひたる夫と二人のこの年桜

初咲きの白あたらしき紫陽花の色を失ふまでに火山灰降る

一本の棒のごとくに剪りつめし式部の花のこぼるるばかり

桃に似る花弁黄のいろ未央柳梅雨くらき日の庭に咲きつぐ

## 幼と

一歳の孫が運びし寿司皿を六十五歳の夫が受け取る

耳聡くうぐひすの声捉へたる孫はふたたび鳴く声を待つ

矢車のからから風になる夕べ兄となりたる孫思ひをり

縫ひ上げし一つ身孫に着けさせて肩揚げ腰揚げの位置を決めたり

調へし浴衣に下駄が間に合はず並ぶ夜店をわが背に負ひて

## 散髪

去年(こぞ)の夏開胸手術をせし夫は安定剤に夜々を眠りぬ

あしたより発作ある日よ昼の餉をとりて一時間二時間を臥す

病みてより夫の散髪もの言はぬ会話と思ひきわが刈るときに

暖かき小縁の椅子の散髪に細る項のことは語らず

ゆくりなく歯の治療台の真向ひに初冠雪の桜島見ゆ

健常なるわれを肥らす滋養食夫の体重なかなかふえず

身のめぐり寂しくなりぬこの年は去年より多し喪中のハガキ

竹林のそれより高き欅の枝雲をあつめて雪となる朝

この二年を

緩みたるボタンつけ替へ思ひをり出針忌みたる祖母の戒め

術後二年夫にもどらぬ肩の肉パジャマの袖も手首をかくす

夫病めば怠りがちなりこの月は墓参を夏越のみそぎとなせり

安定剤に眠れる夫のかたはらに台風すぎるまでを目覚めて

ひとつ垣根に花の時間のある不思議あした朝顔夕に夕顔

両の手に囲ふあかりと思ひつつこの二年を愛しみて来つ

ひとサイズ落せば夫の肩にそふ千鳥格子のブレザーコート

傷痍の夫と

日傷の秋田大会兼ねし旅を術後の夫に従ひてゆく

久留米絣と朴歯の下駄の若き夫に九段坂往還の日々もありにき

九段坂の近き学舎に学びたりき病後の夫にはながき坂道

求め来し坐薬の処方電話にていまだ学生の子を恃まむとして

心臓を病む夫なれば一錠の坐薬もなかなか疎かならず

## 再入院

夕べ早く扉の錠を鎖してより夫入院の身の置きどころ

入院も七日すぎたり張りつめし気持ゆるみて一人寝さびし

夫を見舞ひ帰る夕べの花明り雨降る路地に木蓮笑まふ

孫訪へばでんぐり返りけんけん跳び椅子を持ち出し飛びて見せたり

字を読みえて「ぱなご」が「卵」に変りたる孫の発語の確かとなりぬ

淋しさも耐へねばならぬと思ふ日々幼らの家に一夜をすごす

ネクタイも春の色選びて退院の夫の背広にプレスをしたり

かつて甘藷は代用食と疎みたる夫の分食予後を養ふ

## 何ぞ故郷

管理する人に断り戸を開けぬわが育ちたる家と言へども

ガラス戸を開ければ猫がとび出しぬキャットフードは床に散りぼふ

置きざりにされたる猫か厨べの床に子猫も生まれてゐたり

祖母はここに病み臥す父はこのあたりと土足のままに畳踏みしむ

幾すぢも背くらべの跡残りゐる黒き柱も撫でて来にけり

北海道東京鹿児島はらからは父母の流転の出生地持つ

帰る意志なかりし兄は手を入れず家なく母なく何ぞ故郷

零余子

あかときの雨は一気に涼を呼ぶ庭の高枝に啼く法師蟬

寺山のこの道が好き秋されば野ぶだう山帰来の実も色づきて

川に近く住まへば雨に怯えをり真夜の嵐は大水となる

蔓を引けばぽろぽろ零余子こぼれ落つ幼のごとくポッケを満たす

一握りほどの零余子を炊きこみて夕餉の卓のすこし潤ふ

待つ日々に

入院より十日目やうやく入浴の許されし夫を迎へにゆきぬ

日を重ね病院食も飽きし頃かつはぶき炊きて夫に持ちゆく

入院の夫に告げをり初燕フロント硝子を過(よぎ)りゆきしを

病廊の緩きスロープ夫の試歩駐車場までわれを見送る

一つ灯りに足る生活なれど闇寂し立ちてすべての部屋を点せり

かたくなに二階に寝ぬるといふ夫は階下の我に呼び子を鳴らす

再手術の予後を養ふ夫に届く子の医師国家試験合格

合格の知らせに夫はベッドより握手を求む　握り返しぬ

## ひとり旅

薩摩より遠く来りて信濃路のなめこ蕎麦とろり胃の腑を満たす

バスにゆく諏訪湖のほとり晴れわたるかりん並木に実の熟しをり

湖岸の美術館に見しエミール・ガレ「ひとよ茸ランプ」の色を忘れず

展示されしガラス細工に長崎のギヤマングラス薩摩切子も

境内の砂礫に深く花の影落してゐたり百日紅は

春秋十五年

臓器ひとつ失ひし夫が入退院繰り返しつつ五年目の冬

たまさかの夫の血痰におろおろす噫のひとつ咳ひとつにも

病みつつも夫は三年連用の日記を埋めて年暮れむとす

信号を見落しさうだと言ふ夫がハンドル把らずなりて久しき

石橋のある峡に棲み十五年師走の月がまた巡り来ぬ

## 山法師

五月はも母の生まれ月　ゆくりなく訪ねし庭に咲く山法師

露含み花びら白き山法師の耀ひ思ふ夜に入りても

亡き母の名は「すみ」五月晴れの澄む空に因むと思ふこの頃

芝刈機使へば思ふ炎天に亡母と田車押ししことなど

弾く三味が糧となりたる日もありき疎みし母をいまは恋ほしむ

## 田の神様

母逝きし齢となりしわが姉の菜園畑(さゑんばたけ)の葱太りゐる

祈事(ねぎごと)は胸に潜めて田の中の産土神に手を合はせたり

二つ並ぶ田の神一つは目も鼻も分かたず石の顔を拝む

涎掛け赤き布すこし色褪せて田の神様も春待ちござる

手術後のひとひ一日を祈るごと夫は生きたり今日七十歳

冬ごもる夫もやうやく病衣脱ぐ先づ父母の墓参を言ひぬ

父母もなく家もなけれど村人は帰って来たかと声かけたまふ

薩摩路は夫の故郷大隅はわれのふるさと湾を隔つる

一錠の安定剤と一粒の坐薬に夜を保ちゐる夫

嫁ぎゆく娘の姿見むと病む夫が気力養ふこの二、三か月

結婚を決めたる娘に送りたる片道切符東京―鹿児島

## 八・六水害

いかほどの人渡しけむ実方橋一日の雨に崩壊流失

水嵩は百六十センチ家具調度その位置を変へその向きを変ふ

丘のこの寓居に夜半を目覚めゐて水漬きし家の闇思ひをり

泥の臭ひいまだ残れる漢語林ページくりつつアイロンを当つ

読むもののおほかた水禍に失へば書かず詠まざる日々が過ぎゆく

包丁がきれなくなれば水害の跡地にゆきて砥石をさがす

今はもう帰ることなき岸の辺の二階の家のせせらぎ恋ふも

終の棲家と定めし家を毀つ日のしとど降る雪土を浄むる

いのち

地鎮祭の日も定まりてこの寓居(いへ)にサイネリアの鉢買ひ求めたり

ふつと思ふ見知らぬ街を歩きたしいたづき長き夫を看とれば

せせらぎを疎ましき音と眠られぬ夜もありたり岸べの家に

冠水の庭より掘り出す鉢に咲く久留米つつじや肥後の「火の国」

この借家の庭に仮植ゑの豊後梅十粒ほどの実を結びたり

夫の寝息と相呼応して夜もすがら酸素濃縮器のモーター音

新しき家に持ちゆくプランターにサルビアを植ゑ球根を埋む

立退きしわが家跡に架橋工事の起工式ありしと人伝にきく

西紫原

西紫原町

泥の滲む歌集のいくばく箱に詰め新しき家に越しゆかむとす

泥水に漂ひたるや辞書歌集ページをくれば砂が乾ける

引越しの前後しばらく入院せし夫も今宵は新居に戻る

湯あがりの夫の身体のまへ後ろ拭きやるわが手にふぐりは温し

この町はスーパーもなき住宅地酒屋一軒すし屋一軒

団地の坂くだれば川あり田んぼあり手作り豆腐の店も見つかる

病室を主たる作りとなす住まひ土鈴を振りて夫は吾をよぶ

病室の土鈴によばれ痰の切れぬ夫の背叩く日に幾たびも

子が処方の漢方薬に食の細き夫に食欲のもどる不可思議

夫の手の血管浮きてやせ細るこの二月を血痰つづく

限りある夫の命と思ふ日々花壇に春の花を植ゑ込む

酸素吸ふカニューレつけて眠る夫の呼吸たしかめわれも寝につく

リビングより病室に戻る十歩ほどを夫に肩かすその手の軽し

頑なに夫は拒みぬ病室に食事を運ぶことを許さず

看取りの日つづけばわれのストレスか自制なきまま食を欲りたり

病む人を家に残して錠をさす団地の坂みち咲く枇杷の花

## 夫の旅立ち

好物の石蕗(つは)の煮染めも間に合はず余寒の夕の夫の旅立ち

口もとに耳を寄すれば喘ぎつつ「抱擁して」がいまはの言葉

夫の脈触れなくなりし手首よりはづす時計に残るぬくもり

尊厳死望むと夫は書き遺す延命措置を敢へて為さざり

かねてよりわが手に縫ひし湯帷子夫は装ふ死出の旅路を

息かけて夫の眼鏡のくもり拭く再びかけることはなからむ

「誕生日一期一会の梅の花」メモして十日ののちに逝きたり

居間に置く夫の遺骨のかたはらに小さき灯りともして眠る

病む夫を伴ひ移り住む町に一年を共に過すなかりき

立退きしわが家跡に橋竣(な)りて渡り初めの招待状が届く

車椅子押す約束のこの橋を夫の遺影と共に渡りぬ

小米花とよびて愛でゐし雪柳咲けるを待たず夫は逝きたり

水漬きたる庭より移す唐椿夫なき庭にくれなゐぞ濃き

砂丘に

少女めきてけふの一日を砂丘（すなをか）の風に吹かれて歌ふ椰子の実

山ならば木霊となりて返りこむ夫の名呼べど波は掻き消す

ひとりにて住むには広しこの家に娘が戻り来ぬ夫の忌明けて

わが語彙になき性格の不一致を別居と決めし娘の言ふを聞く

娘の炊ぐ粥に三日を臥しにけりわが現身の身の置きどころ

## ノゴマ（野駒）

珍しき鳥の飛来を垣間見しよきことあらむ兆しかと思ふ

喉朱く眉紋とあご線白き羽毛　図鑑に知りぬノゴマとふ鳥

北海道の夏の草原に棲むノゴマ紛れ来たるは旅の途中か

わが父母のかつて住みたる北国へ何の縁か娘は職を得ぬ

空港に娘を見送りて帰る車さだまさし歌ふ「案山子」の歌聞く

身のめぐり

手をかざす火鉢が恋し霜の夜を母の縫ひたる半纏まとふ

わが丈に及ばぬ檀(まゆみ)に花が咲きいま結実の朱をふりこぼす

在りし日に夫が挿木の檀なる花の咲けるを夫は見ざりき

夫を送るこの年幾多の人の葬りわが身のめぐりいよよ寂しゑ

読み止(さ)しの本に残れる一本の頭髪にさへ夫の偲ばる

夫眠る夫のふる里梅の里二両連結のディーゼル車過ぐ

メヒルギの北限といふ丘の墓父祖に抱かれて眠れるよ夫

息絶えし夫の腕より外したる時計はいまだも時を刻めり

迎へ火

六十五歳わたし一人の誕生日雲のきれ間の星に乾杯

十七年住みたる家はかの年の水禍にあひき三年を過ぐ

市有地となりてフェンスを囲(めぐ)らせる橋のたもとのわが家跡は

村墓に近きよろづ屋この幾月閉ざされしまま夏過ぎにけり

わが夫よわれの知らざる祖々(おやおや)を伴ひ給へと迎へ火を焚く

残されて

「君の自由奪つたのは僕だつたね」感謝の言葉か今に思へば

「慌てるな、静かに旅立つ」と遺す言葉わたしはそんなに強くないのに

カーペット敷き替へひとりの冬支度娘はバリ島へ旅だちゆきぬ

バリ島は北海道よりなほ遠く地図を開きて位置を確かむ

飛行機も乗りつぎと言ふ　乏しかる語学頼りにバリ島へ発つ

行人岳

海峡を隔てて見ゆる島影よ天草列島すこし霞みて

年越をこの長島に過しけり縁つながる義姉の子の家

凍てし空月の明りの参道を甥は歩幅をわれに合はする

冷えしるき行人岳に初日の出待つ里人と年賀交はしぬ

長島の行人岳の不動明王初明り背に受けて立ちます

## 妹の手

節高き妹の手よ草餅を搗き山菜を摘みて来りぬ

海もよし山も好きとぞ姉いもと幼ごころとなる潮干狩り

雉子なき行々子鳴く山里に田を鋤き牛飼ふ妹のくらし

妹が使ふ田植機耕耘機牛舎に続く納屋に並びゐる

## バリ島へ

娘が待てば一万キロも遠からず一日のうちに赤道を越ゆ

パスポートと夫の写真携へて南緯八度のバリ島に着きぬ

この旅に初めてつけしイヤリング夫亡きのちの冒険のひとつ

バリ島に八人集ふうからの総年齢は五百三十余歳なり

ボロブドゥールの遺跡はカメラに収まらず高さ三十五米横幅百二十米

土に埋まり受難の仏陀か石体の左の肩に割れたる傷あと

ボロブドゥールを囲む山々みどりなす涅槃の姿に似るマノレの丘は

三つ並ぶ高層の神殿そのひとつシヴァ神を祭るはロロジョングランと呼ぶ

年の瀬

赴任地は今モンスーン閉村にてふた月の休暇に娘は帰国せり

夫逝きて数も少なくなりにけるわれのみの名の賀状認む

水仙の花も常より早く咲く冬至をすぎてこの暖かさ

一人居の二度の越年娘の帰国に今年のそばは二人して食む

雨雲をよろひて見えぬ初日影二階の窓に手を合はすなり

## 雪ゆきの日

雪降れば無性にさびし十七年夫と住みたる町へ行きたい

雪の日もノルマの樹木伐りしことシベリア抑留を夫は語りき

公園に遊ぶ人影声もなしわが入園を雪は拒みぬ

湖上にあるごとく真白き桜島岸より続く海は吹雪きて

雪日和つづく幾日の後の晴日脚伸びたり睦月のなかば

## 諸葛菜

もち草を探す空地のひとところ薄むらさきの諸葛菜の花

諸葛菜むらさき花菜花大根よび名よければ庭に持ち来ぬ

水漬きたる庭にうしなふ土佐みづき春の木市に求め来にける

人よりも遅れ患ふ春の風邪籠りて庭の椿に対ふ

亡き夫が挿し置く椿幾年も花なくすぎて肥後椿咲く

## 病む

夏の旅の疲れ引きずる体調に精密検査の指示を受けたり

思はざる検査結果にたぢろぎぬ僧帽弁閉鎖不全症

六階の病室にゐて誰も居ないわが家が何故か気になる夕べ

心臓のカテーテル検査の後遺症打撲のやうな足の痛みは

わが二羽のセキセイインコ小鳥屋に引き取ってもらふ入院のため

麻酔とは白きスクリーンか暗闇か手術の痛みも恐怖も知らず

目覚めたるＩＣＵの窓の外（と）のインコの声かあれは空耳

昨日より今日　朝よりも夕べ起き上がるベッドにわれの身力思ふ

一錠の白き薬を頼りとす疵に手を置きいつしか眠る

予後の身の命の糧と娘の炊ぐ朝の味噌汁味の程よさ

スカートも履けざるほどに細る身はタオルを巻きて帯を結びぬ

予後の身を列車に委ね娘と二人墓参りする夫の命日

車輪梅（しゃりんばい）　一日動きて一日寝ぬる術後の体まだ持て余す

わが病めば足枷ならむ娘の就職学習塾の講師となりて

いまだ予後

肩、背中湿布ぐすりを貼りてもらふ術後のわれの身の置きどころ

病みてより動作緩慢となりたるか一日のうちに事の成らざる

病むことのなければいまも独り居か娘とくらす日々ありがたし

二合にては少し足らざり一握りふた握り足し夕の米研ぐ

しばし雨の止みたる門に霊送る苧殼焚きたり娘と二人して

娘は父を語りてけふの夕餉かな初出勤に少し冗舌

夜間勤務の夫に合はせし幾年ぞ今は娘のため夜食の用意

夫逝きてわが本棚に並べある古語辞典いま娘も使ふ

## 敬老パス

受領せしばかりの敬老パスを手にバスを降りたり今日より七十歳（ななじふ）

夏鳥の影は少なく三光鳥見しをよしとす探鳥会は

娘とくらす日々に憶ひも淡くなる夫の墓処の草刈る夕べ

祖々のしらぬ古里に湯が湧きて墓参の後をひととき憩ふ

嫁入りて喜入（きいれ）の人となるといふわれもよそ者背流し合ふ

## 去年今年

留守にする家のうち外掃き浄め暦を替へて注連飾りする

五年日記書き終へんとする三十日(みそか)今年最後の日記と記す

船上に年末年始過すなどわれの一生に在りてなきこと

茜さす水平線に今や遅しとご来迎待てど雲たなびきて

元日の大阪は晴帰り来し鹿児島は雪雨降りはじむ

## 福北ゆたか線

つばめ四号博多着を待ち給ふSさんとともに天道にゆく

県外に住みしことなき我なれど福岡県嘉穂郡天道を知る

この後も幾度か通ふ道ならむ鉄道沿線の里山よろし

天道へゆく福北ゆたか線　椅子の背もたれ手作りめきて

夕映えの中を博多の街めざす列車の席に帰りはひとり

屋久島

ゆくりなく屋久島の旅授かりぬ三泊四日をうからとすごす

海よりの斜度八〇度本富岳（モッチョム）の麓の宿に旅装を解きぬ

降る雨は太古より杉を育みぬ小さき芽ぶきもやがて屋久杉

男湯の兄に声かけ女湯に妹とありてしみじみ幸せ

老い三人（みたり）グラスボートに乗りこみぬ旅の三日目山彦海彦

## 見舞ひ旅

東京の兄を見舞はむ一人旅あぢさゐ色増す五月尽日

病みやすき義姉のことのみ思ひ来し兄に重篤の病潜みし

滞在の七日に三たび見舞ひたりＪ病院の道順も覚ゆ

来年は元気になつて帰るとふ兄の手をとり病室を出づ

今日一日情緒不安定マイカーのサイドミラーを傷つけたれば

## 赤き万両

米を作る妹の持ち来し青梗菜わが菜園の菜の小ささよ

うらうらと日を過しゐて小正月父の命日忘れてゐたり

山茶花の垣根の日だまり群なして咲ける水仙切りて供花とす

春菊も三色菫も雪の下　赤き万両は雪を冠りぬ

訪ね来る人もなければ雑然としたる部屋にて新聞を読む

石蕗を引き野蒜を抜きて芹を摘む幼きわれと母の野遊び

茹で零す芹の香りは厨べにひととき母を想ひてをりぬ

## 兄との別れ

二月二日、七十九回目の誕生日、如月なかば兄は身罷る

東京に生れし兄はも鹿児島を離れ武蔵野の土に還りぬ

去年の夏兄を見舞ひて足摩るあれが今生の別れとなりぬ

桜島を見に帰るぞと言ふ兄に待つてゐるよと手を握りたる

義姉を残して逝けぬと兄は三月余(ま)り壮絶に病と闘ひしとふ

## 友との別れ

ふるさとは永良部百合咲く五月なり歌友(とも)は身罷る九十八歳

同じ干支の友は七十歳われは四十六短歌教室に通ひ始めて

「志を果たしていつの日にか帰らむ」歌ひ納めて友に捧ぐる

生前の友との約束果たしたる　弔辞にあらず感謝のことば

「では又ね」の別れはもうない　さやうなら棺の中の友に合掌

あれより

原爆忌　八・六水害　高校野球今日の一日は泣ける日である

わが家の在りしあたりに車停(と)め聞くせせらぎは夫の声とも

川のほとりよしと定めて十七年水に追はれし白かべの家

知る人も絶えて淋しき峡の里胸のざわめき鎮めがたしも

今日は何の日　亡き夫の母の命日墓参の径に咲く酔芙蓉

火山台地

両の手に包む湯呑みの仄温しそんな十月半ばのあした

船内は人も疎らなウィークデー島の人らと桟橋渡る

下船せる港に立てば畏怖の念火を噴く山は眼前にあり

度たびの噴火に耐へて島の人火山台地を耕しながら

四、五人が病院前にて降りてゆく発車のバスにひとり残さる

## 無言館

無言館の絵画展内はほの暗くその絵を照らすかなしき明り

亡き夫もこの画学生と同年輩十三万出陣学徒のひとり

ソ連軍攻め来て負傷せし夫は意識なきまま敗戦を知らず

雪の日はパンとノルマを取替ふと傷痍の夫の語るシベリア

老いゆくは治らぬ病と思ひつつ怒りつぽくて愚痴多き日々

無理せず

チケットを調へくれし娘に感謝チャイコフスキー聴く夕べかも

宮崎へ「特急きりしま」二時間の旅手作り弁当友と分け合ふ

心臓の手術より八年存へる昨日貝掘りけさ探鳥の会

この命無駄にはすまじしなやかに長く生きたい無理せず楽せず

菜の花の精より生まれしや黄蝶ふたつふうはりふはり縺れつつゆく

## 葬りの旅

六月に義姉の危篤をききてよりこの二月を何も手つかず

病まざらば長兄と共に行くはずの葬りの旅をひとり機上に

口はしに祖母の語りゐし武蔵小山今宵スペイン料理を食す

七十余年前には武蔵小山村父母とはらから住みゐしところ

大好きな焼酎(そっ)も喉(のんど)を通らざり兄の病は重篤なるぞ

## 柊の花

啼く虫の声も幽けしわが庭の木犀の花けさ匂ひ立つ

使ひ慣るる手帳と家計簿求めたり来る年も生きゐることを信じて

柊の花ほろほろと散る門辺義姉の柩の運び出ださる

慶びごとに会ふは少なくこの年は二つの葬りにはらから集ふ

後がない先がないとぞ思ふ日々一日ひと日が瞬時に過ぎゆく

友逝きて

ご夫君の十五年祭終へられし四日の後に天に召さるる

荒武さん八十六歳を一期とし小春日和の旅立ちとなる

身のめぐりひとりまたひとり友逝きて淋しき秋の空を見上ぐる

十七年住みたる町へゆくバスにふらりと乗りぬ家はないのに

乗り馴れし六番線よ吉野ゆき降車ボタンを押しさうになる

## 長兄

ひとり居の兄を支へむとその子らと宿直交替夜を看守る

兄九十歳（くじふ）旧軍人の矜持なるかポータブルトイレ使ふを厭ふ

手を出さず目を離さずと看取りゐしが手摺りを摑み損ねての転倒

五十キロに瘦せてしまひしわが兄か抱き起こす時泣きたくなつた

骨折と麻痺がなきかと確かむる頰のあたりの打撲を冷やす

重篤の兄の足擦する手の爪を短く剪りて病院へゆく

わが父は四十九歳で逝きにけり九十歳の兄の足を揉みやる

自らの余命十日なりと言ひきその十日後のあかとき罷る

軍艦旗に覆はれし兄の柩いま軍艦マーチに送られて出づ

二年余を書き留めし兄の看病記六月十九日葬儀にて閉づ

## 加齢

金色のまんまる月を眺めつつ歩いて帰ると娘よりの電話

体調のかんばしからぬ昨日けふ足の腫みの気になる夕べ

鈍くなる平衡感覚　扉に壁にぶつかり青痣手にも足にも

抜けるもの多くなりたり記憶しかり頭髪しかり気力も抜ける

北の窓閉ざすガラリ戸夜もすがら風をはらみて音たててゐし

この後の秋を幾度迎へむか田鶴鳴く声を聞きたしけさは

床を歩く娘の足音何時しらず我の足音といたく似て来つ

## 大つごもり

長(をさ)の子より銀婚式を迎へしと感謝のメッセージと指輪が届く

指宿にて新年迎ふるを贅とせむ大つごもりの海に虹立つ

吹き上ぐる海よりの風松に響む歳晩の月霜月いざよひ

降り止まぬ雪に籠りて膝掛けを一枚仕上げて日暮れとなりぬ

百の葉を落し冬木となる枝に蠟梅の花咲き溢れゐき

つぶやき

読み返すことなく過ぎ来し看護日記夫の強さが今は悲しき

生前の最後の句帳たどたどしく夫の筆跡「今日を生き抜く」と

シベリアの雪の語らひも記しあり生きたしと言ふ夫を支へし

娘とあれば小鉢も二つ並べ待つ恙なき身をさきはひとして

生かされて亡夫に見守られ過す日々傘寿迎ふる六月一日

亡きひとはアリランの歌が好きだつた木槿咲く朝ふと口ずさむ

ほろ酔ひの夫唄ひ出すアリランの調子はづれも味がありしよ

水漬きたる庭より移す野萱草植ゑくれしひと逝きて幾歳月(いくとせ)

思ひきり伐ってしまった庭のつばき蟬も来鳴かず雀の宿なく

窓に射す日差し和らぎ位置移る帰り花百日紅ゆうらゆら

かつて野に摘みし竜胆吾亦紅二百五十円なり花屋の店先

傘寿

反物のまま水漬く浴衣地仕立てむと記憶たどりて尺を当てたり

千度万度物差しあてよと祖母の戒め一夜ののちに鋏を入るる

衿肩明き右手に持ちて手前に折る背縫の被(き)せは小六の記憶

これが最後傘寿同窓会集ひしは翁と媼の二十と五名

仕上げたる浴衣を着けて踊る音頭よろけて踊るも余興のひとつ

テレビの映像

ここの処うつかりミス幾つ今日は免許証不携帯で運転してゐた

時に娘の時には友の足となるわが運転はいつ止めるべき

新しきテレビの映像はからずも大津波のニュースよりはじまりぬ

袋よりもどす若布は三陸産　津波はすべて攫ひゆきしぞ

シホガマとふ桜満開の花の下被災地いかにと何につけても

たぎり

朧げな記憶なれども小学五年地理に習ひし霧島活火山帯

きりしま桜島指宿の温泉郷一線に結べば活火山脈の上

若尊鼻（わかみこのはな）、若尊海山（わかみこかいざん）の沖合に湧く熱水鉱床たぎりの海よ

祖母の炊ぐ煮なますの味我が舌に残れどいまだその味遠し

ゐろり端榾火に暖をとりしうから一人欠け二人欠け三人が逝く

## 武蔵野の土

東京のあした雀の囀りを微睡みてきく妹の家に

花水木咲きゐし記憶の散歩道姫りんご熟るる刻に出合ひぬ

夜になれば二階の窓よりはつかにも灯り点るは誰かゐるらし

武蔵野の土に眠れる兄の墓参逝きて八年やうやく叶ふ

東京はひとりで歩けぬ　妹は田舎の姉のわが腕をとる

## 墓仕舞ひ

終の栖家と思ひ定めしこの町の寺に移さむ父祖の墓処も

故郷の墓処浄むる塩と米撒きて三つの骨壺を出す

父祖の墓移すを詫びつつ風呂敷にみ霊も包み骨を抱きたり

墓参りに指宿街道駆くることも今日までならむ枇杷の花咲く

復員せし夫と巡り合ひ結ばれて繋がる命と孫に伝へたし

## 禱り

東京の街を手をとり歩きくれし妹の胃癌をききて絶句す

俄かには信じがたかり慰むる言葉を知らずきつと治るからと

妹の発病知りて胸が塞ぐもやしの根つこ時かけて毟る

術後半年の妹を見舞ふ　少しほつそり美人になつた

どつしりとした庄屋作りの秘湯の宿眼病に効くと宿の主は

あつ湯好む我には少し物足りず源泉三十七度ついつい長湯す

八十二歳、傘寿、喜寿姉妹三人枕を並べ寝ぬるは久し

## 二年の空白

水禍後の二十余年を住みし家終の住処と思ひ来たりし

マンションに収納可能を限度とし捨てる片づける引越の準備

表札もローマ字に変りガレージに見馴れぬ車と子供の自転車

病み耄け二年余りの空白をいかに詠むべきわが歌ごころ

去年の秋東京の妹逝かしめていよいよ寂し兄妹三人

山中ユウあなたがゐればの東京ぞ山中ホテルは店を閉ぢたり

川越の菓子屋横丁蔵の街めぐりし友も妹ももう亡し

わが家に四日をすごし帰京の甥充実の休暇とメールが届く

地域限定で申し込みしが図らずも当選したり幸と言ふべき

教員の妻となりたる二十歳(はたち)より転宅いくつ十にあまりぬ

入居者の家主の名義を娘とす我は今その同居人なる

五階建ての階下に住めば屋根を打つ雨音をきくこともあらざり

気がつけば右手が冷たし左手であたためてをり膝掛けの上

甘藷畑拓かれて竣りし紫原団地今年で丁度六十年目といふ

運転して通りすがりし街並みも今は住む町むらさきばる町

初掘りと竹の子届く　白寿の人と分かち味はふ近くに住まへば

主婦の座を娘が引き受けて町内の共同作業に朝早くゆく

# 跋

内藤　明

浜園さんは創刊の時からの「音」の会員である。一九八二年九月の創刊号に、「風土」と題された七首が載っているが、それが『岸べの家』の冒頭にそのまま載せられている。

澄む空にまた一条の帯となり吉野台地を火山灰（よな）は襲ひぬ

雨樋の火山灰を木片に切るごとく掬へばかなぶん無数のなきがら

大隅の台地耕す妹の持ち来し白菜火山灰を巻き込む

浜園さんは当時、薩摩半島鹿児島市の吉野台地に住み、妹さんは対岸の大隅半島に台地を耕しておられたらしい。南国とはいえ、ともに「火山灰」の降る厳しい自然の土地である。七首はその風土と真向かいながら、そこに生きる人の生活を具体的に、生々しく歌う。そこには、浜園さんの生と歌への姿勢と思いがこめられているといっていい。創刊号にこの「風土」を載せたのには、諏訪の厳しい風土をその生と歌の根底に据えようとした武川忠一への思いがあったのかもしれない。鹿児島からは、故荒武琴子さんをはじめ、幾人もの方が創刊に参加された。爾来四十年、詠み重ねられてきた浜園さんの歌が、この『岸べの家』に結実したわけで、なんともうれしいことである。

ところで、歌集冒頭の八首目、

木漏れ陽の川のほとりに立てる家この二階家を購ひにけり

は、創刊号の歌ではない。ここからは次の「実方太鼓橋」へ続く展開となっていく。そして、「わが町」となったこの川のほとりの二階家とその庭は、曲折を経ながら歌集前半「吉野実方」の舞台となり、川とともにさまざまに歌われていくこととなる。

柿の木と古き石橋のたたずまひよしと定めて十年となりぬ
立退きを余儀なくさるるわが庭の百鳥いづくの木に安らはむ
終の棲家と定めし家を毀つ日のしとど降る雪土を浄むる

この「岸べの家」は、後半の「西紫原」においては夫と過ごした時間を象徴する追憶のものとなって何度も歌われていく。その間に水害といった忌まわしい記憶があるわけだが、この歌集の二つの章立てに住んでいた地名を選んだことは、作者の土地・風土に寄せる思いや生活の繋がりの強さをうかがわせる。

土地と自然が、この歌集のベースにあるといっていい。
しかし「風土」を成り立たしめるものは、土地・自然であるとともに、そこに生活する人間である。『岸べの家』一冊を読み通すと、四十年近くに及ぶ、作者の日常、身めぐりの人々、折々の思いが浮かんでくる。一人の人間の風土に根ざした歴史が歌に刻まれ、それを追体験させてくれる。その中心をなす一つは、夫との暮らしや看取りであろう。

今日が最後の授業の夫に茶を点つる春の疾風のすぎゆきし朝
四十余年胸に秘めゐし一ノ関平泉の旅にわれ誘（いざな）はる
病みてより夫の散髪もの言はぬ会話と思ひきわが刈るときに
「君の自由奪ったのは僕だったね」感謝の言葉か今に思へば
復員せし夫と巡り合ひ結ばれて繋がる命と孫に伝へたし

シベリア抑留の後、長く教員を続けてこられた夫君との時間がうたわれる。簡潔な言葉によって、夫の姿がそのままに立ち現れてきそうであり、それを通して自分自身の思いがうたわれる。また兄弟姉妹との交流や、亡き親族への思いにも、深いものがある。

北海道東京鹿児島はらからは父母の流転の出生地持つ

母逝きし齢となりしわが姉の菜園畑（さゑんばたけ）の葱太りゐる

桜島を見に帰るぞと言ふ兄に待つてゐるよと手を握りたる

征きて還らぬ霊魂鎮めむと墓を守る遠くに住まふ義姉にかはりて

男湯の兄に声かけ女湯に妹とありてしみじみ幸せ

終の栖家と思ひ定めしこの町の寺に移さむ父祖の墓処も

歌から推察すると、浜園さんのご両親は大隅を故郷としつつ、方々に移り住まわれ、ご自身は結婚して転居の後、吉野、西紫原を住処とし、現在は紫原の集団住宅にお住まいらしい。大隅をルーツとしつつ、浜園さんの風土との関わりは生活する中で身体化され、時に変化や断念を迫られたものであったようだ。それが逆に、「はらから」への思いを強め、土地の歴史や地の霊と結んだ人間の縦の継続性や郷愁を求めるものになっているのではないかと思う。一冊からは、災害や病気に苦しみつつも、風土に支えられて来られた作者の強く自律した半生が、その深まりとともに感じられる。そして作者の生き方、一人の人間の歴史といったものが、歌の言葉を通して読者の感動を誘う。
『岸べの家』の「岸べ」は自然であり、「家」は人間である。

わが家の在りしあたりに車停(と)め聞くせせらぎは夫の声とも

といった歌を読むと、かの川のせせらぎが、夫の記憶とともに作者の中に流れ続けていることを思わせ、またそれを対象化していく作者をも思わせる。
もちろん『岸べの家』の歌の世界は多岐にわたる。見てきたような大きなテーマ性を感じさせるものとともに、動植物を詠んだ歌があり、旅の歌があり、自らの病気や子や孫を歌った歌がある。浜園さんの歌は奇をてらうことはなく、きっちりとした形を持ち、長きにわたる研鑽を思わせる。どちらかというと、理知的で感情の恣なる流露を抑制するところがあり、どこかさばさばとしたところがあって潔い。それでいて乾いていない。
しかしまた、事柄や意味の上ではどうということのない、例えば最終の一連のこんな歌も魅力的である。

気がつけば右手が冷たし左手であたためてをり膝掛けの上

自ずからなる手の働きに気づき、ちょっとおどろいた一瞬だろうか。自分自身にも気づかない、自分の中の何かが、まだまだあるだろう。

この歌を含めた最後の一連は、ご病気の後のいったんの空白の後、また歌を出されるようになっての作である。浜園さんは米寿を迎えられ、ますますお元気であられる。歌集刊行をひと区切りとして、第二章の「西紫原」に続く第三章の歌を、これから自由に歌い続けて欲しいと思う。『岸べの家』の上梓をともに喜ぶとともに、歌集が多くの人々に読まれ、浜園さんがますますご活躍をされることを、心からお祈りする。

## あとがき

一九七八年、知人からMBCの短歌教室に誘って頂いたのが、短歌を始めたきっかけでした。講師は「南船」主宰の東郷久義先生、五七五七七の初歩からご指導頂きました。写実、なにより具体性、そして詩情のある歌をと教えられました。それは私が歌を作る上で、今に至るまで心がけている指針となっております。東郷先生には本当に感謝申し上げます。「音」短歌会の入会は一九八二年のこと、創刊号から参加させて頂きました。武川忠一先生からのご依頼に応えて、東郷先生より紹介され「南船」から十名くらいの方々と一緒に参加しましたが、「南船」と「音」との両立は難しく、最終的には荒武琴子さんと私二人だけが「音」に残りました。武川先生のご存命中に「音」の全国大会にももっと参加したかったのですが、ちょうど夫の闘病生活と時期が重なったり、私自身心臓手術を受けたりで、なかなか参加がままならなかったことは、今でも残念です。それでも長野、京都、名古屋と全国大会に出席できましたこと、なかでも京都大会で武川先生に遠いところからの出席を温かく労って頂いたことは幸せな思い出でございます。そのとき先生から福岡支部の方に紹介して頂きましたことで、始めは高速バスで、のちに新幹線で福岡支部の歌会に参加させて頂くようになりました。

一九九三年の八・六水害で、終の棲家と思っていた吉野実方の家が水禍にあいました。その後西紫原に新居を構えてまもなく夫が他界。大きく生活環境が変わりました。歌も変わったように思います。そのため今回歌集を編むにあたり、吉野実方と西紫原という章題に分けることと致しました。

水禍のため、それまで少しずつ集めていた短歌の本や辞書など大切な書籍をずいぶん失くしました。幸い「音」の創刊号から水害の前年までの分は二階に置いてあり、助かりましたが、送られてきたばかりの八月号を含め、その年の分は流失しました。「音」に連絡いたしましたところ早速秋山周子様がそれらを改めて送って下さいました。家を失くし夫の病室で読む物もなく意気消沈していた私にとって、あんなに嬉しかったことはありません。本当に有り難うございました。

夫の死後は歌が支えとなりました。諸事情により「南船」をやめ、華の会の川涯利雄先生のご指導を受けたこともございましたが、その間ずっと「音」への投稿を続けてきました。歌会への参加など勉強の機会が少ない分、欠詠だけはするまいとがんばってきたつもりでしたが、此度歌の整理をしてみますとやはり欠詠をした月が三ヶ月以上続いたこともありました。歌集には「音」に掲載された歌だけを集めましたが、初期のころは「南船」や「華」の投稿歌と重なったものもあります。私の歌は本当に日常詠で、読み返すとあの時は旅行をした、あの時は夫が兄が妹がそして自分が病気だった、などまるで日記を読むようです。

五年前に再び大きな病気を致しまして、ほぼ死の一歩手前まで行ったときに、すっかり痩せて体力も気力もなくしました。再び元気になることもあるまいと、いよいよ終活の必要を感じ、思い切った断捨離を決行しました。「音」をやめ、車を手放し、まだ自分の判断ができるうちにと家まで処分しました。歌に関する書籍も、『武川忠一全歌集』、『上田三四二全歌集』と「音」の主たる方々の歌集を残して大部分を処分してしまいました。ところがその後健康を取り戻し、体力も気力もまた少しずつ戻ってまいりました。そうなりますと、歌を読まない、詠まない日々がどうにも寂しく物足りなく感じてきたのです。
そんな時、せめてこれだけはと読み続けていた「現代短歌新聞」で内藤明先生の若山牧水賞と佐藤佐太郎短歌賞の受賞を知り、退会した身も顧みずお祝いのお手紙を差し上げました。退会して二年を経ておりましたが、やはりお顔を見てお祝い申し上げたく、宮崎での牧水賞の授賞式に参列し、懐かしい「音」の方々にもお会い出来ました。そのとき内藤先生や秋山様に再入会を勧めて頂き、また玉井清弘先生から生活のリズムになりますよと励ましのお言葉を頂き、再びお仲間に入れて頂くことになりました。福岡支部の中原憲子様、関泰子様はじめ皆様にも再び温かく迎え入れて頂きましたこと、改めて感謝申し上げます。
百歳になる四十年来の短歌友達藤本千衣子さんからの励ましや家族の勧めに背中を押されて、米寿を前にこれまでの集大成としてこの歌集を出す決心を致しました。決心はしたものの、具体的にはどうしたらよいか分からず、名古屋大会に出席した折に秋山様にご相談いたしましたところ、内藤先生へのお口添えを頂きました。その後は先生に選歌の仕方や歌集の構成へのアドバイス、歌の添削、校正などなど手紙やＦＡＸを何度もやり取りしながらご指導頂きました。また『岸べの家』という歌集名の決定、出版社手配一切についてもご相談に乗って頂きました。お忙しい中に跋文まで賜り、どのように感謝申し上げても足りない思いです。本当に有り難うございました。

また、娘が「音」掲載分のすべての歌を抜き出してまとめてくれたため、今回歌集を編むにあたり大変助かりました。その中からほぼ年代順に選歌して四百七十八首になりました。

音短歌会の皆様の温かい励ましに、改めて感謝申し上げます。

装幀は真田幸治様にお世話になりました。

また出版にあたり六花書林の宇田川寛之様には一方ならぬご尽力を頂き、心よりお礼申し上げます。

最後にこの歌集を通じて、今は亡き夫、兄妹、友人に感謝の気持ちを伝えたいと思います。

二〇一八年五月

浜園洋子

**著者略歴**

1931年　東京府豊多摩郡生まれ
1978年　「南船」入会
1982年　「音」入会
1991年　「華」入会


## 岸べの家

（音叢書）

2018年７月30日　初版発行



著　者──浜 園 洋 子
〒890-0082
鹿児島県鹿児島市紫原２－８－2116



発行者──宇田川寛之

発行所──六花書林
〒170-0005
東京都豊島区南大塚３－24－10－１Ａ
電 話 03-5949-6307

発売───開発社
〒103-0023
東京都中央区日本橋本町１－４－９　ミヤギ日本橋ビル８階
電 話 03-5205-0211
FAX 03-5205-2516

印刷───相良整版印刷

製本───仲佐製本





定価はカバーに表示してあります
ISBN978-4-907891-67-1 C0092